Zazie sorcière

Le sort de Rétablisse...

Pour Beccy
R.I.

Pour Hannah et Jamie
K.M.

Titre original de cet ouvrage : *Get-Better Spell*
© 2003 Orchard Books, 96 Leonard Street, Londres EC2A 4XD
pour l'édition originale.
© Texte Rose Impey 2003
© Illustrations Katharine McEwen 2003
© Hatier, Paris, 2004 pour l'adaptation en langue française.
Traduction : Juliette Stephens
ISBN : 2.218.75206.9
Dépôt légal : mai 2004
Tous droits de reproduction, de traduction et d'adaptation
réservés pour tous pays, loi n° 49956 du 16 juillet 1949
sur les publications destinées à la jeunesse

Imprimé à Hong Kong

Le sort de Bon Rétablissement

Rose Impey ★ Katharine McEwen

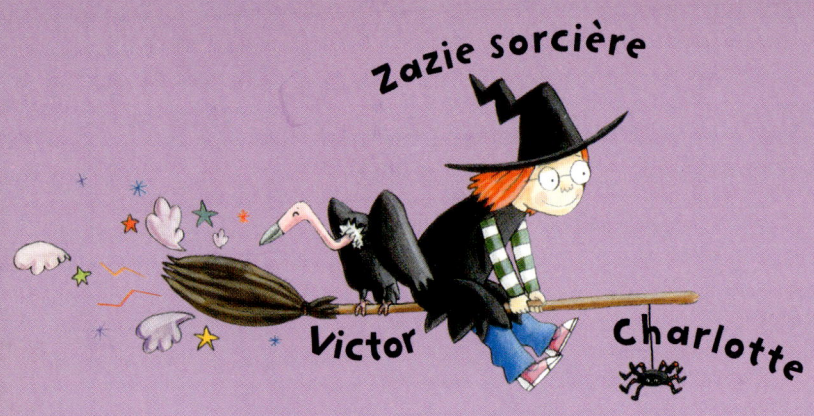

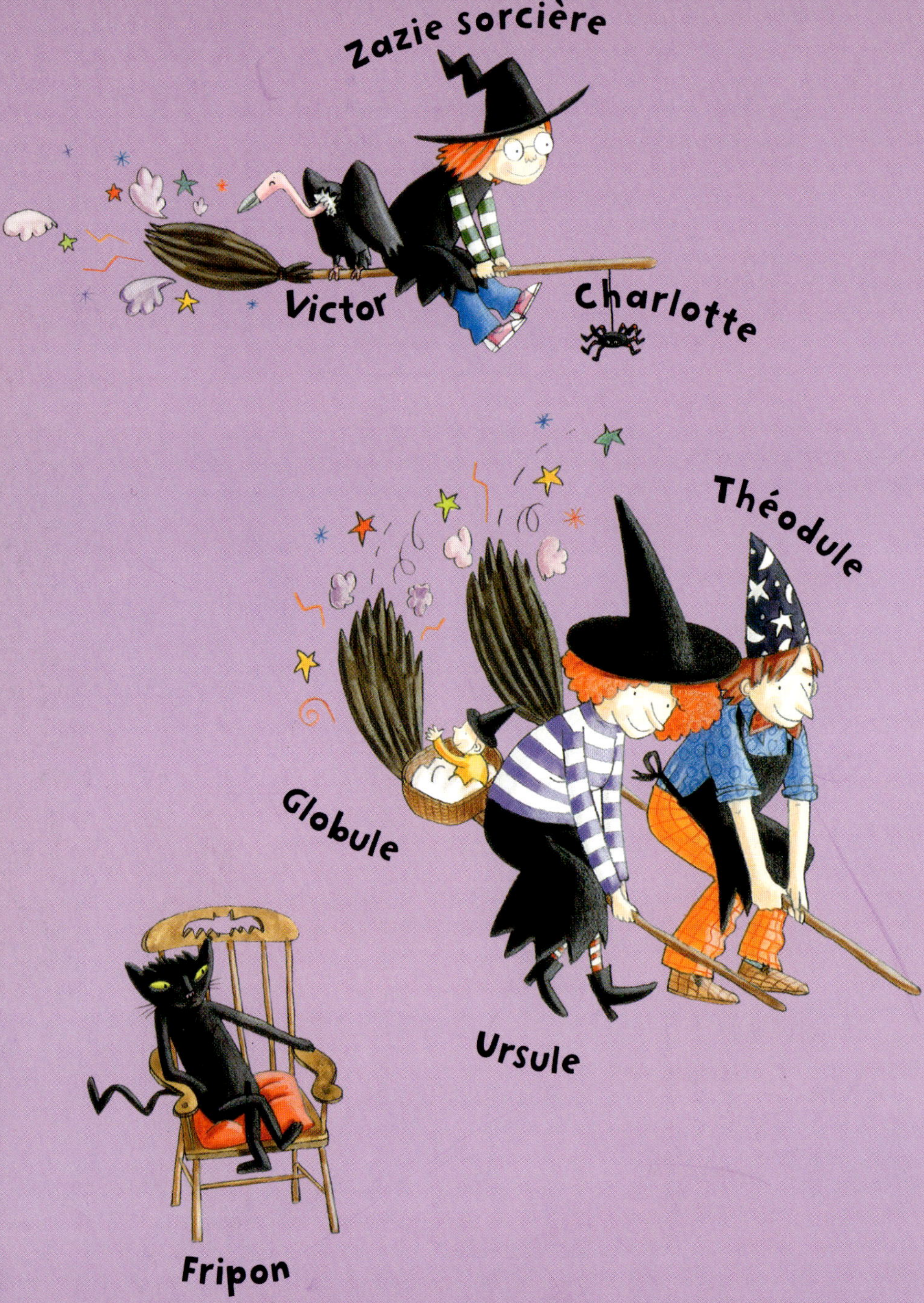
Zazie sorcière
Victor
Charlotte
Théodule
Globule
Ursule
Fripon

Ursule et le bébé ont attrapé froid. Ils ont l'air tous les deux bien mal en point.

Théodule est parti pour le week-end à une conférence de magie. Fripon est donc responsable de la maison.
— Retournez au lit toutes les deux ! ordonne-t-il.

— Et moi alors ? demande Zazie.
— Toi, tu restes sage !

Zazie est sûre qu'elle est une bien meilleure infirmière que Fripon.

Elle prépare donc un bon breuvage et le monte à sa maman.

Mais Fripon la pousse dehors :
— Allez, ouste ! grogne-t-il,
Sors d'ici ou tu vas tomber malade,
toi aussi !

— Je vais te trouver quelque chose à faire, ajoute-t-il. Et Zazie n'aime pas du tout le ton de sa voix.

— Nous allons préparer une marmite de soupe de Bon Rétablissement, dit le chat. Voilà ce qu'il faut pour remettre une sorcière malade en selle sur son balai.

Tout d'abord, Dino doit éplucher une pile de carottes.

Puis Zazie doit aller ramasser des chenilles.

– De la soupe... grommelle Zazie. Comment une soupe peut-elle faire du bien ? Non, ce dont Ursule a besoin, c'est d'une bonne potion de sa composition.

Justement, Zazie est là pour s'en occuper.

Zazie jette dans sa marmite plein d'ingrédients très bruyants pour que sa maman retrouve la voix :

Croasse, jacasse,
Aboie, bourdonne
Et ronronne...

Mmmm, pas assez bruyant... se dit-elle. Il lui faut quelque chose de plus fort. Tintamarre de tambour !

Mais Zazie, tout excitée, exagère alors un peu.

Tonne le tonnerre ! Gronde l'orage !
Explosez, feux d'artifice ! Marteaux, tous en cœur !

La potion magique de Zazie est si bruyante qu'elle doit la dissimuler dans son chapeau.

Mais Fripon rôde encore.

Zazie préfère rester dans la cuisine où la soupe de Fripon est en train de cuire.

Soudain, Dino se met à gronder.
Fripon arrive !

Si le chat entre et surprend Zazie avec sa potion, elle aura de gros problèmes. Vite, elle la verse dans la marmite de soupe !

Gloub, gloub, gloubi-gloub !
Bloub, bloub, bloub ! La soupe se met à bouillir et entre en ébullition comme un volcan au bord de l'éruption.

C'est si bruyant que Zazie doit inventer au plus vite une autre formule :

Persil, sauge, menthe et ciboulette,
Soupe, sois sage,
Soupe, deviens un doux potage !

La soupe se remet aussitôt à mijoter doucement.

Lorsque Fripon entre, Zazie retient son souffle.

— Mmmmh ! approuve le chat, ça sent encore meilleur que d'habitude !

Très vite, maman et le bébé se sentent beaucoup mieux. Fripon est persuadé que c'est grâce à sa soupe de Bon Rétablissement.

Mais Zazie et Dino, eux, ont un avis légèrement différent...

Collectionne les aventures de Zazie sorcière

- ❏ Le dragon abandonné
- ❏ Gare aux grenouilles
- ❏ Le balai d'anniversaire
- ❏ La fête magique
- ❏ La dent de lait
- ❏ Le sort de Bon Rétablissement
- ❏ Les Crapouilles
- ❏ Zazie fait disparaître le bébé